Hahn
↙ Hühner

Schweine
Familie
↘

Esel
↙

Ziege
↓

DIESES BUCH GEHÖRT: ―――

Bil
61

ab 4J.

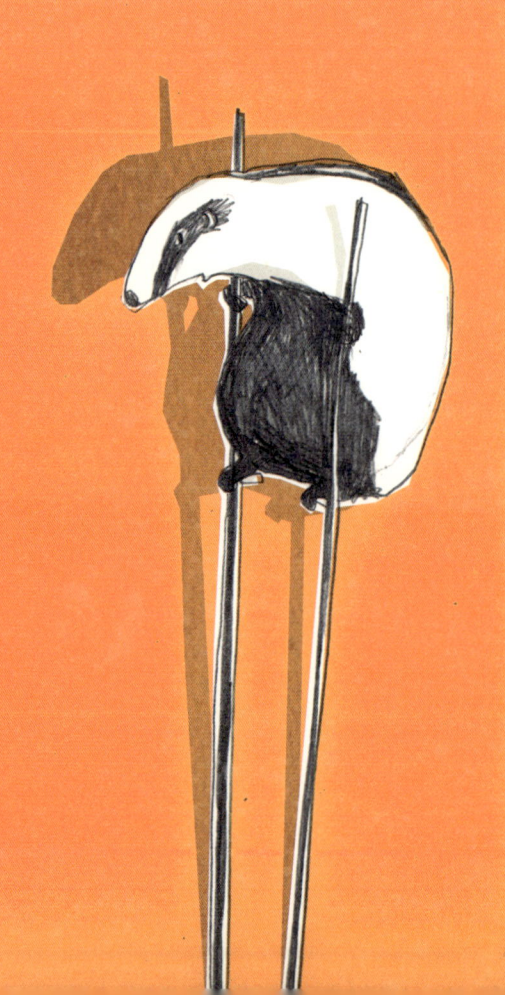

Lamm–wütend!

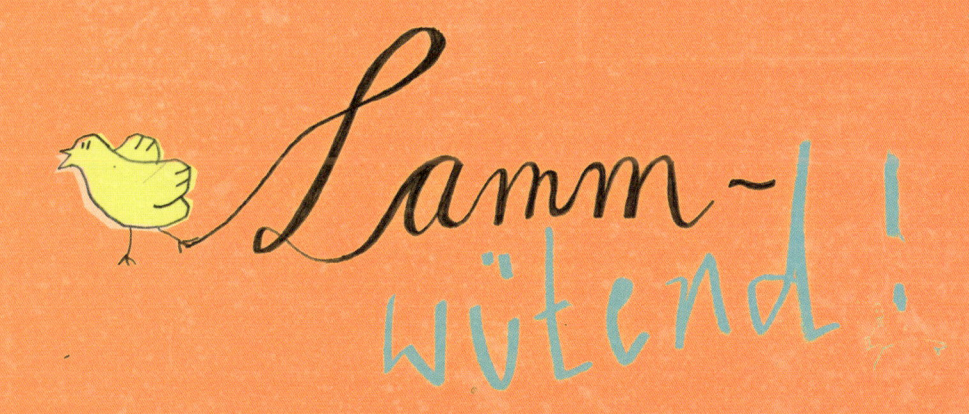

Text REGINA SCHWARZ   Illustration JULIA DÜRR

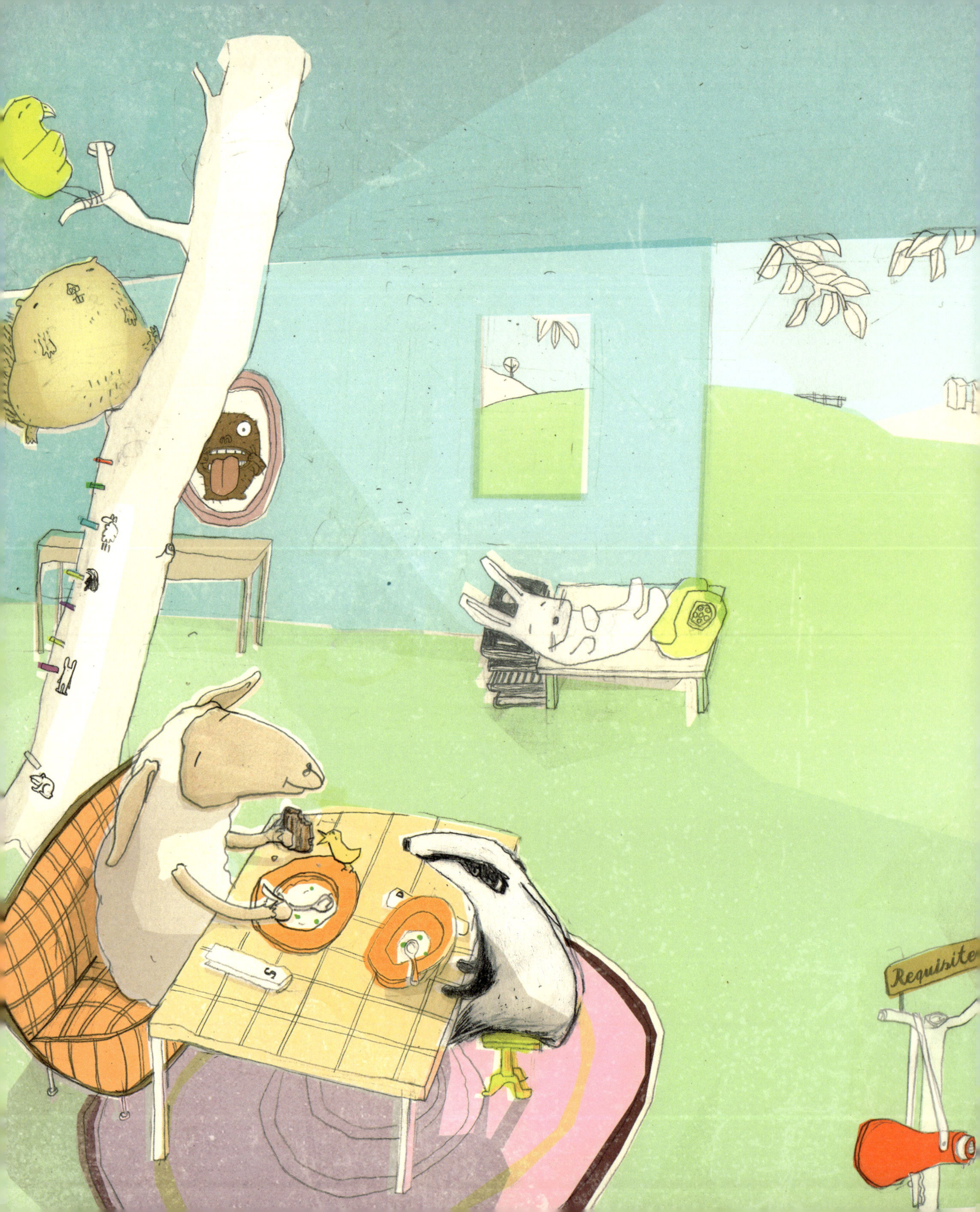
Requisite

Das Lamm war immer lieb. Aber einmal wollte das Lamm richtig wütend sein und laut blöken. Leider wusste das Lamm nicht, wie das geht.

Ich muss die Ziege fragen, dachte es.

Die Ziege rupfte und zupfte gerade an einem saftigen Büschel Klee. "Kannst du wütend sein?" fragte das Lamm.

„Bähähähähähä! Meckern ist einfach!" Die Ziege nickte mit dem Kopf, dass der Ziegenbart auf und ab wippte. Das Lamm zog die Luft ein und blökte los. Aber heraus kam nur ein leises, zittriges „Määäääh". Mehr nicht.

„Ach", seufzte das Lamm, „ich kann nicht meckern wie du. Dann muss mir eben der Hahn helfen."

BÄHÄH ÄHÄHÄ BÄHÄH

Määääh.

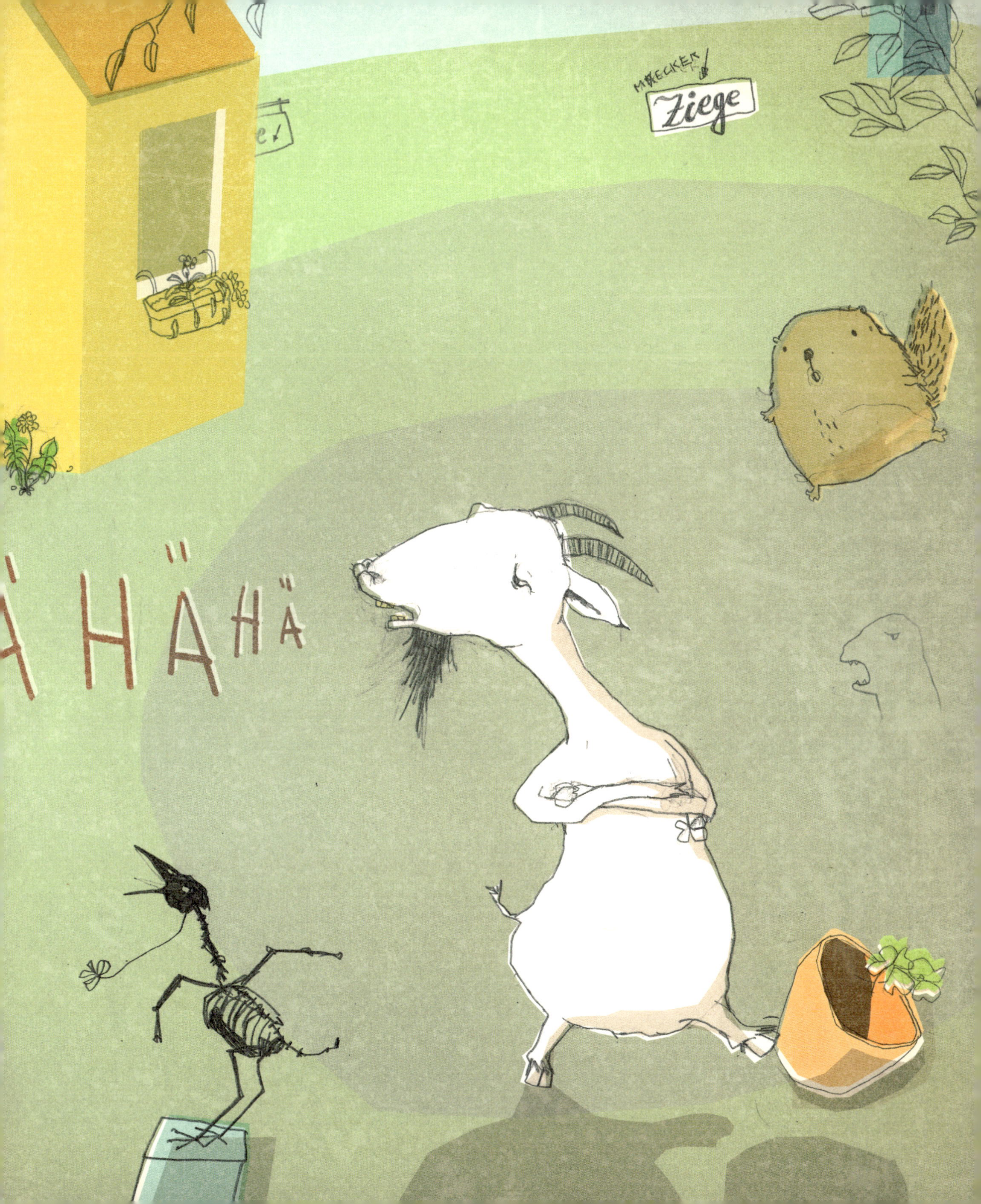
MECKER
Ziege
ÄHÄHÄ

Das Lamm lief zum Misthaufen. Hoch oben stand der Hahn und plusterte sich auf. „Kannst du wütend sein?"

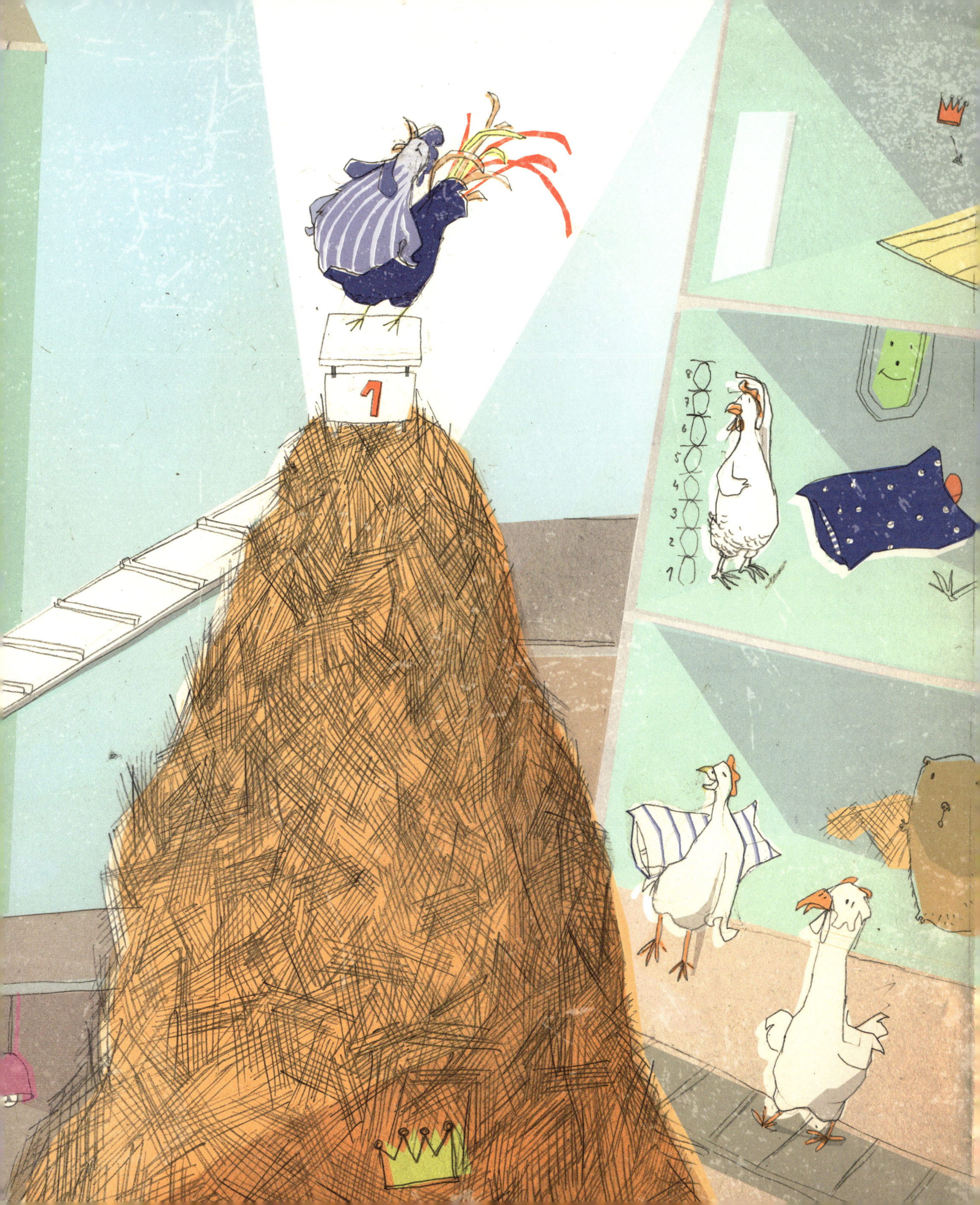
1
8
7
6
5
4
3
2
1

Kikeriki...

PLUSTER
Hahn

Natürlich konnte der Hahn wütend sein. Und wie! „Kikeriki! Jetzt du! Nur zu! Auf die Plätze! Fertig! Losgekräht!" Das Lamm schloss die Augen, holte tief Luft und blökte los. Aber heraus kam nur ein leises, zittriges „Määäääh". Mehr nicht. „Ach", seufzte das Lamm und ließ sich in den Misthaufen fallen. „Ich kann nicht krähen wie du. Dann muss mir eben der Esel helfen."

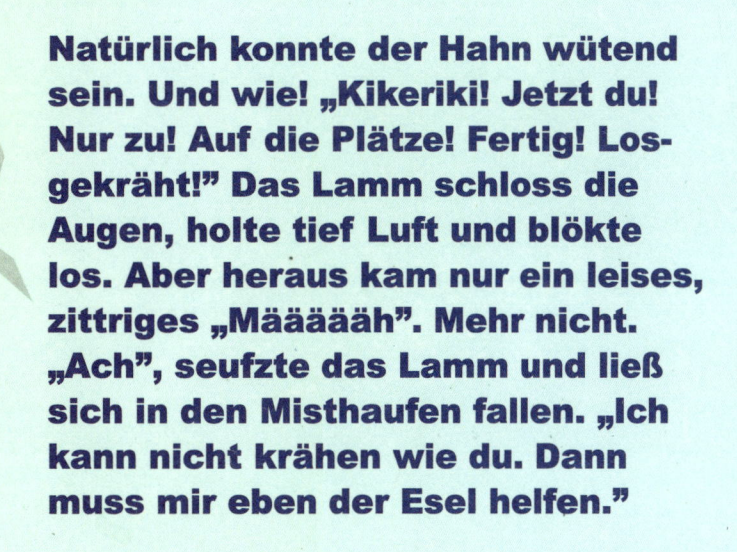

Mäh

Der stand da mit Sack und Pack und rührte sich nicht vom Fleck. „Kannst du wütend sein?" Der Esel schrie, so laut er nur konnte: „Iaaaaaaaaaaah!"

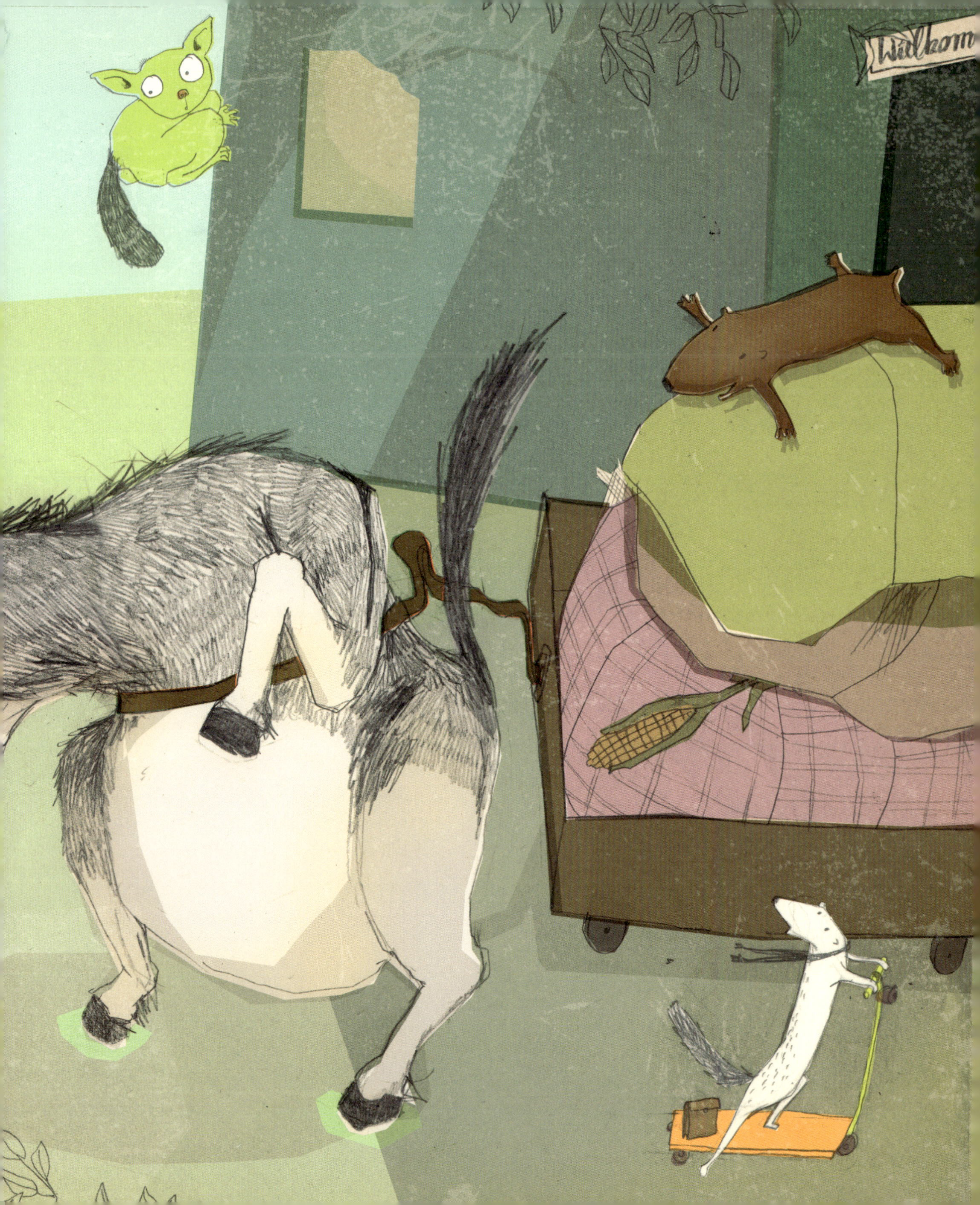
Willkom

„Guck nicht so störrisch", schimpfe der Esel. „Versuch es doch selber mal!" Das Lamm gab sich einen Ruck. Und ... Aber heraus kam nur ein leises, zittriges „Mäh". Mehr nicht. „Ach", seufzte das Lamm. „Ich kann nicht schreien wie du, Esel."

Willkommen

„Aber vielleicht hilft mir das Schwein."

„Sei mal richtig sauwütend!" bat das Lamm.

Sofort ließ das Schwein ein ohrenbetäubendes Quieken hören, hoch und schrill: „Oiiiiiiiiiiiiiink!"

„Jetzt du …" schmatzte das Schwein. „Nur Mut!" Das Lamm holte ganz tief Luft. Und noch einmal. Und noch einmal. Aber heraus kam nur ein leises, zittriges „Määäääh". Mehr nicht. „Ach", seufzte das Lamm und ließ den Kopf hängen.

„Ich kann einfach nicht wütend sein:

Nicht sauwütend,

nicht packeselwütend,

nicht plusterwütend,

und meckerwütend schon gar nicht."

Das Lamm trottete davon und atmete tief durch.
Ein Duft wehte zu ihm herüber. Es roch nach Wiese
und frischen, würzigen Kräutern.

Genau in diesem Moment kam der Wolf des Weges, der vergnügt ein Liedchen sang: "Didel, dudel, bimmel, bam, gleich fress ich dich, du kleines Lamm…"

DIDEL, DUDEL, BIMMEL, BAM
GLEICH FRESS ICH DICH
DU KLEINES LAMM.

Das fand das Lamm gar nicht komisch.
So ein gemeines Lied! So ein blöder Hund!
Aber der Wolf summte immer weiter: "Lämmlein, Lämmlein, sei nicht dumm, Lämmlein, Lämmlein, dreh dich nicht um. Wölfe lieben Lämmerkeulen. Kleines Lamm, du musst nicht heul'n…"

Lämmlein, Lämmlein,
  dreh dich nicht um.
Lämmlein, Lämmlein, sei nicht dumm.

WÖLFE LIEBEN
    LÄMMER-KEULEN.
Kleines Lamm,
 du musst nicht heulen.

Jetzt reichte es dem Lamm. Es zog die Luft ein und machte sich groß.

Und dann wurde es wütend: Ober extra super wütend. „Määääääääääääääääh!" blökte das Lamm. So durchdringend, so hoch und so schrill, dass der Wolf stehen blieb und sich vor Schreck die Ohren zuhielt. Und dann drehte er sich um und verschwand im Wald. Auf Nimmerwiedersehen!

„Määäääääääääh", blökte das Lamm und machte einen Bocksprung und noch einen und noch einen.

MÄÄÄÄH

Quer über die Wiese.

· Ende ·

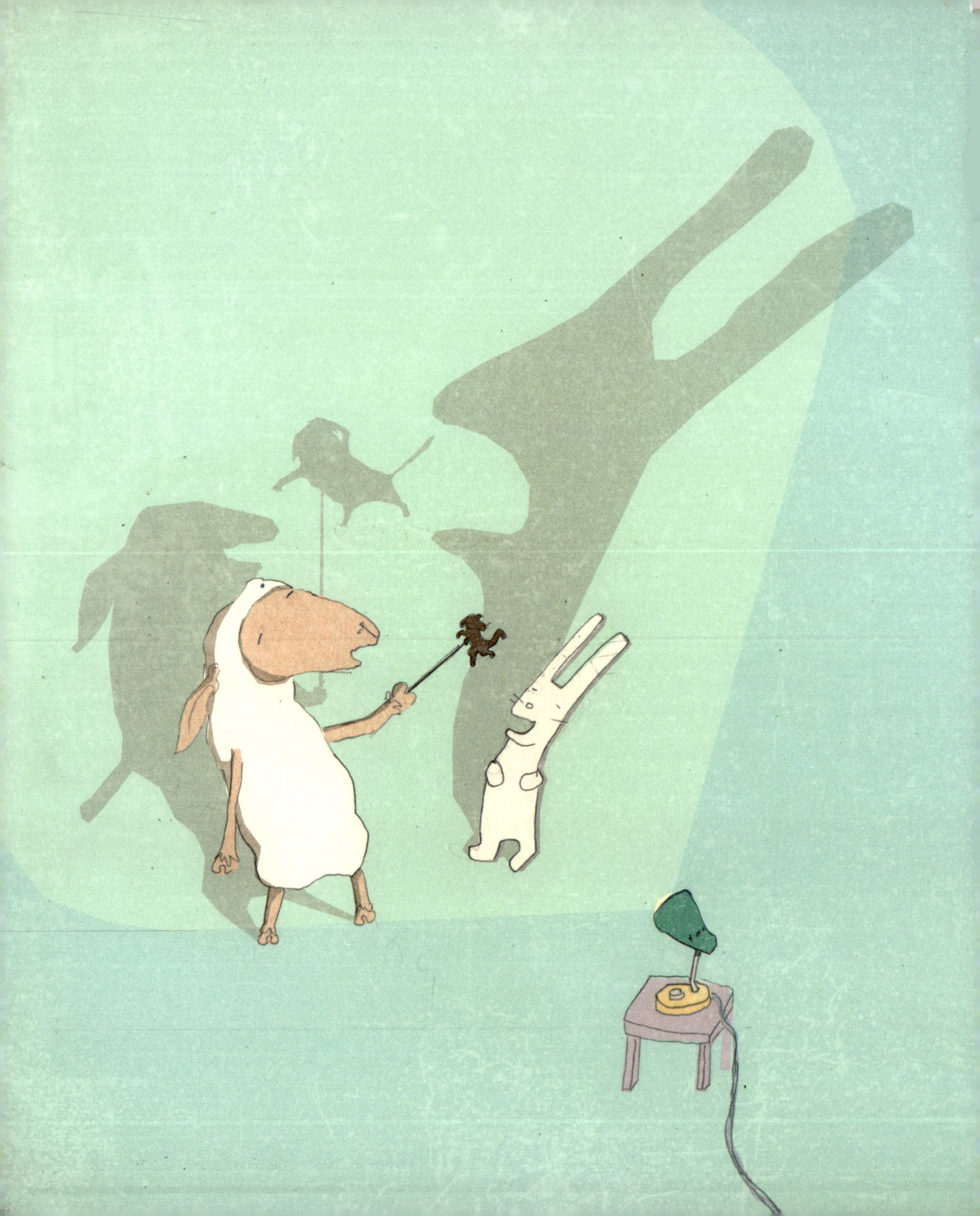